Hermann Zurborg

Ueber den altdeutschen Minnesang

Antigonos

Hermann Zurborg

Ueber den altdeutschen Minnesang

Unveränderter Nachdruck der Originalausgabe von 1877.

1. Auflage 2024 | ISBN: 978-3-38635-122-5

Antigonos Verlag ist ein Imprint der Outlook Verlagsgesellschaft mbH.

Verlag: Outlook Verlag GmbH, Zeilweg 44, 60439 Frankfurt, Deutschland, info@outlook-verlag.de
Vertretungsberechtigt: E. Roepke, Zeilweg 44, 60439 Frankfurt, Deutschland
Druck: Libri Plureos GmbH, Friedensallee 273, 22763 Hamburg, Deutschland

Ueber

den altdeutschen Minnesang.

Vortrag,

gehalten in der ‚Litterarischen Gesellschaft‘
zu Zerbst

von

Dr. H. Zurborg,

Gymnasiallehrer.

————•——

Jena,
Verlag von Ed. Frommann.
1877.

Vorwort.

Die hier veröffentlichte litterarhistorische
Skizze verdankt ihre Entstehung der Verpflich-
tung des Verfassers, in der litterarischen Gesellschaft hiesiger Stadt einen Vortrag über ein
wissenschaftliches Thema von allgemeinerem Interesse zu halten, und stellt sich die Aufgabe,
einem weiteren Kreise von Gebildeten die mit-
telhochdeutsche Lyrik in ihren Voraussetzungen,
ihrer Entstehung und eigenartigen Entwicklung
vorzuführen. Dem Germanisten von Fach wird
sie nichts materiell neues bieten, vielleicht aber
dürfte ihm in der Beleuchtung des Tatsächlichen
und der Zusammenstellung der Motive hier und
da eine neue Auffassung begegnen. Die angehäng-
ten Anmerkungen enthalten nicht sowol Nachweise
der benutzten Quellen als litterarische Finger-
zeige für die, welche einige der wichtigeren
Puncte weiter zu verfolgen wünschen.

Sollte der Freund deutscher Litteratur aus unsrer Skizze Anregung zur Beschäftigung auch mit dieser Epoche gewinnen, der Kenner derselben wenigstens das hier entworfene Bild ohne Missfallen betrachten, so ist der Zweck des Verf. erreicht.

Zerbst, im Juni 1877.

H. Z.

Unsre deutsche Litteratur hat zwei Blüte-
perioden zu verzeichnen. Die zweite derselben,
von der uns noch kein volles Jahrhundert trennt,
und in deren Nachklängen unser heutiges litte-
rarisches Leben sich bewegt, ist im besten Sinne
des Worts Gemeingut der Nation, d. h. ihres gebildeten Teils, geworden. In Schule und Haus, von
der Bühne und vom Katheder herab ist sie dem
Volke nahe gebracht und hat bereits eine zweite
Litteratur, eine Litteratur der Nachahmung und
Erklärung, nicht weniger umfangreich als sie
selber, hervorgerufen. So gut ist es der ersten
Blüteperiode nicht geworden. In der Zeit ihres
Bestehens, im 12ten und 13ten Jahrhundert, mehr
mündlich als schriftlich, mehr durch Hören als
durch Lesen verbreitet, ist sie in den Wirren
späterer Jahrhunderte der Vergessenheit, teil-
weise der Vernichtung, im besten Falle dem
Staube aber auch dem Schutze der Bibliotheken
anheimgefallen. Die Auferstehung aus dieser
Verborgenheit verdankt sie in erster Linie einer

Richtung unserer modernen Litteratur, deren
sonstige Leistungen und Bestrebungen heutzutage
vergessen und überwunden sind, der s. g. romantischen Schule, und namentlich die lyrische Poesie jener älteren Epoche aus dem Dunkel der
Vergessenheit hervorgezogen, ihr Verständniss
angebahnt zu haben, ist ein Verdienst der Romantiker, insbesondere Ludwig Tiecks, das ihnen
unvergessen bleiben soll [1]).

Die lyrische Poesie der altdeutschen Periode
wird gewöhnlich nach ihrem Hauptbestandteil
‚der Minnesang‘ genannt. Minne, d. h. Liebe, ist
eines von denjenigen Worten, welche zwar in
der Continuität der Sprachentwicklung abgestorben sind [2]), welche aber mit dem Widererwachen des Interesses für die ältere Litteratur und
des Studiums derselben auf künstlichem Wege
in die Sprache auch der modernen Poesie aufgenommen wurden. Das Wort „Minne" hat
für unsre Empfindung einen idealischen Beigeschmack; Vorstellungen von warmer Begeisterung, von selbstloser Hingabe pflegen bei seinem
Klange in uns aufzusteigen, und dieser Nimbus
wird von vorn herein in den Augen eines jeden,
der der betreffenden Culturepoche nicht näher
getreten ist, auch die danach benannte Lyrik,
den Minnesang, umgeben.

Freilich wird bei näherem Zusehen der altdeutsche Minnesang und die altdeutsche Minne viel von ihrem idealen Glanze einbüssen, und es wird sich nicht nur neben dem vielen Licht viel Schatten zeigen, sondern auch dieses Licht wird als ein nur kurze Zeit leuchtendes, schnell erlöschendes erscheinen; und wenn ich im Folgenden mit möglichst objektiver Treue ein Bild des Entstehens und Vergehens, sowie des Wesens und Charakters des deutschen Minnesangs zu entwerfen versuche, so tue ich es mit dem Bewusstsein, vielleicht manche Illusion in Bezug auf diesen Teil der altdeutschen Litteratur zerstören zu müssen. Indess die Gerechtigkeit einer unparteiischen Kritik verlangt, dass auch die Schattenseiten einer grossen Culturepoche nicht schwächlich verhüllt werden, und unsre deutsche Litteratur hat es wahrlich nicht nötig, besorgt zu sein, durch offene Anerkennung gewisser Schwächen etwas von ihrer ruhmreichen Grösse einzubüssen.

Suchen wir uns zunächst die cultur- und litterargeschichtlichen Bedingungen klar zu machen, unter denen gerade diese vielfach so eigentümliche Dichtungsgattung erwuchs.

Wie in den Litteraturen der meisten Völker, so ist es auch in der deutschen eine zwiefache Richtung, die uns in dichterischen Erzeugnissen entgegentritt. Wir unterscheiden eine nicht künstlich gewordene, sondern gleichsam von selbst aus der Mitte des Volks hervorgewachsene Poesie, die Volkspoesie, und eine solche, die von einzelnen begabteren und durchgebildeteren Geistern gepflegt wird, eine Frucht bewussten Schaffens, die Kunstpoesie. Vergleichen wir aber hier die deutsche Dichtung mit der des vorzugsweise poetisch schaffenden Volks des Altertums, der Griechen, so macht sich sofort ein bedeutender Unterschied geltend: die volkstümliche Dichtung der Griechen liegt um Jahrhunderte vor der Culturzeit in ein vorhistorisches Dunkel gehüllt; ihr Dasein und Wirken ist fast spurlos verschwunden, sobald die ersten Produkte der Kunstdichtung auftreten. In der altdeutschen Litteratur dagegen laufen, wiewol natürlich auch hier die volkstümliche Dichtung der kunstgemässen lange voraufgeht, doch beide lange Zeit neben einander her, und die letzten Ausläufer der ersteren, wie sie uns in der Nibelungen- und Kudrundichtung entgegentreten, reichen bis in eine Zeit, wo auch die Kunstpoesie bereits zu ihrer Blüte gelangt ist. Der Grund für diese eigentümliche Erscheinung ist wol namentlich in zwei Besonderheiten der damaligen deutschen Verhältnisse zu suchen: einmal in der Ungleichheit der Culturentwicklung bei den verschiedenen Ständen.

Während auf der einen Seite die Geistlichkeit und später auch hervorragende Laien, getragen von einer Bildung, die der Masse des Volks weit voraus war, bereits eine kunstgemässe Dichtung pflegten, war der grossen Menge noch keineswegs jene Ursprünglichkeit der Phantasie abhanden gekommen, aus der die grossen Volksdichtungen hervorgegangen sind, und wurde die für das Zustandekommen derselben notwendige Verbindung dieser Kreise durch die „fahrenden Sänger" aufrecht erhalten, welche die neu entstehenden Dichtungen von Ort zu Ort, von Fürstensitz zu Fürstensitz trugen und auch wol selbst ergänzend und umdichtend tätig waren[3]). — Sodann kommt als zweites Moment hinzu eine Ungleichheit der Entwicklung in den verschiedenen deutschen Stämmen. Während in den Klosterschulen des fränkischen Stammes im 9ten Jahrhundert gelehrte Bildung sich zu verbreiten begann[4]), und eine Dichtung daraus hervorging, die im eminenten Sinne eine kunstgemässe genannt werden muss, des Weissenburger Mönchs Otfried Evangeliendichtung[5]), wurde im Norden Deutschlands fast um dieselbe Zeit der „Heliand" geschaffen, ein Werk, das, wenn auch angeregt von gleichzeitigen geistlichen Bestrebungen, doch aus den Volkskreisen hervorging und den nämlichen Stoff wie Otfried, aber in durchaus volkstümlicher Weise behandelt[6]).

Hiermit ist nun eine Grundbedingung für die spätere Litteratur gegeben. Indem nämlich jene beiden Hauptgattungen der Poesie vielfach neben einander herliefen, so konnte es trotz der Verschiedenheit ihrer Entstehungsweise und ihres Charakters nicht ausbleiben, dass eine gewisse Wechselbeziehung zwischen ihnen stattfand. Der Einfluss geistlicher Kunstpoesie der althochdeutschen Zeit machte sich auf die Volksdichtung geltend, und diese wider übertrug Anschauungen aus der deutschen Heldensage in die Erzeugnisse der Kunstpoesie [7]). In dieser Wechselwirkung haben wir einen Faktor zu erkennen, aus dem der Charakter der Dichtungen des 12ten und der folgenden Jahrhunderte hervorgegangen ist. Sehen wir nämlich ab von der weiteren Entwicklung der Volkspoesie, die unserm augenblicklichen Interesse ferner liegt, so lassen sich in dem Kunstepos und der kunstgemässen Lyrik dieser Zeit genau jene Momente widererkennen: es ist einmal die Ritterlichkeit, eine zeitgemässe Abschwächung des alten Reckentums, wie es in der Heldensage sich zeigt, und sodann das geistliche Element, das Erbteil der geistlichen Kunstdichtung der früheren Jahrhunderte.

Beides fand nun freilich noch Förderung von anderer Seite. Die ersten Kreuzzüge, ausgegangen von den westlichen Nationen, namentlich Frankreich, stellten das geistliche Interesse in den Vordergrund und brachten das Rittertum, gleichsam die moderne Erneuerung des Heldenzeitalters, zu besonders praktischer Geltung: sie veranlassten diese Vereinigung beider, wie sie in der höfischen Poesie des 12ten bis 14ten Jahrhunderts zu Tage tritt.

Damit hängt ein drittes Hauptmoment dieser Poesie eng zusammen. Der Frauendienst hatte in der provençalischen Poesie der Troubadours bereits eine Stätte gefunden; durch die Vermittlung der Landstriche, welche den Uebergang deutschen und französischen Wesens bildeten, Lothringens und Burgunds, durch die Gemeinsamkeit ferner des zweiten Kreuzzuges, endlich durch die Romfahrten der ersten Staufenkönige und die dadurch herbeigeführte Berührung mit italischen und normannischen Einflüssen verpflanzte er sich auf das Gebiet der deutschen Poesie, wo er überdies einen wol vorbereiteten Boden fand. Die Verehrung der Frauen war bereits in alter Zeit, wie schon Tacitus berichtet [8]), ein Grundzug germanischen Wesens. Auch fehlte es der deutschen Poesie nicht an ähnlichen, wenn schon noch unentwickelten Bestrebungen; ja es sind Anzeichen genug vorhanden, welche erkennen lassen, dass ein besonderer Zweig der altdeutschen Lyrik, die s. g. „Mädchenlieder", von den

Frauen selbst ausging [9]). Dass freilich die Frauenverehrung zu einem Frauencultus wurde, dass ebenso die geistliche Dichtung sich allmählich zu einer Art geistlichen Frauendienstes ausbildete und sich vorzugsweise auf den Mariencult beschränkte, dass endlich das Rittertum in diese unlösbare Verbindung mit dem geistlichen und weltlichen Frauendienst trat, dies ist ein Gesammtproduct aller jener Factoren, der Einflüsse der alten Kunst- und Volksdichtung, der Kreuzzüge und der altfranzösischen Poesie.

Der Ausdruck dieser Culturepoche, die man als „romantisch" zu bezeichnen pflegt, liegt uns vor in der höfischen Epik und Lyrik. Während er aber in ersterer weniger rein sein musste, da hier jedesmal ein gegebener und fester Stoff vorlag, der den Charakter der Zeit je nach seiner Beschaffenheit bald mehr bald weniger getreu darstellte, so kommt er in der höfischen Lyrik, d. h. eben dem Minnesang, unverfälscht zur Geltung. Hier treten jene drei Momente neben einander hervor und beherrschen die gesammten Erzeugnisse dieser Dichtungen, freilich in der Weise, dass allmählich der Frauendienst, die Minne, überwiegt. Das Rittertum mit seiner Abenteuerlust, das noch aus den Liedern älterer Minnesänger, z. B. des Spervogel, widerklingt [10]), wurde alsbald auf das Epos, dem es seiner Na-

tur gemässer war, beschränkt, und der Frauen-
kult bildete den Hauptgegenstand der Lieder-
dichtung; daneben kam das geistliche Element
in den ‚Marienliedern‘ und — je nach der Stel-
lung, die der betreffende Dichter zu den Kreuz-
zügen einnahm — in den ‚Kreuzliedern‘ zur
Geltung [11]).

Dass der Minnedienst nicht auf einmal den
Charakter angenommen hat, den er in der späteren Zeit des Minnesangs zeigt, folgt schon aus
unseren bisherigen Ausführungen. Wie die ersten
Minnelieder, die uns meist namenlos oder unter
erdichtetem Namen überliefert sind, aus den
Kreisen der Sänger niedern Standes hervorgegangen scheinen, so ist auch die ‚niedre Minne‘,
d. h. die Liebe zu Frauen niedern Standes, der
Gegenstand derselben, den sie in frischer, einfacher
und sinnlicher Weise behandeln. Auch die ersten
Lieder, in denen die Minne bereits als Minnedienst erscheint, unterscheiden sich noch wesent-
lich von den späteren: in den unter Kürenbergs
Namen überlieferten Strophen und denen Milos
von Sevelingen handelt es sich anscheinend noch
nicht sowol um den Dienst ritterlicher Galantèrie
als um ernstliche Werbung [12]). Erst später ward
es Sitte ohne Rücksicht auf Schliessung eines
Ehebunds sich eine ‚Herrin‘ — frouwe, domina,
dâme — zu wählen, der man seinen Ritterdienst

widmete und von der man ‚der Minne Sold‘ erwartete. Indem so das Abenteuerliche dieses Verhältnisses mehr und mehr die Oberhand gewann, lässt sich nicht leugnen, dass sein sittlicher Gehalt mehr und mehr schwand. Hatte ursprünglich das Werben des Minnesängers auch ein praktisches Ziel oder doch die Möglichkeit eines solchen gehabt, so musste nach und nach notwendig mit dem Entschwinden dieses Ziels auch häufig die Grenze überschritten werden, welche die sitttliche und gesellschaftliche Ordnung dem Individuum gesteckt hat. Wir finden unter den vielen Beispielen des Minneverhältnisses, die wir kennen, zahlreiche, wo der Ritter oder seine Dame, ja nicht wenige, wo beide dem verheirateten Stande angehören. In einem kleinen, novellenartigen Gedichte Konrads von Würzburg, „von der Minne“ betitelt[13]), wird von einem Ritter berichtet, der einer adlichen Dame den Hof macht und ihre Gegenliebe erringt; es wird von der Treue der beiden, die sich zuletzt im Tode besiegelt, ein wirklich echt poetisches, ergreifendes Bild entworfen: aber der Dichter oder seine Quelle glaubten der Wirkung der Erzählung dadurch keinen Eintrag zu tun, dass sie die Dame bereits vermählt sein und also dies Preislied der Treue zu einem Preisliede der Untreue werden liessen. Mit gleicher Naivität widmet der verheiratete Ulrich von Lichtenstein einer ebenfalls verheirateten Dame seine Minnedienste und beschreibt selber [14]) die Irrfahrten und Donquixoterien seines Minnelebens mit noch grösserer Naivität. Er verbringt zu Ehren der selbstgewählten Herrin die sommerliche Jahreszeit in Turnieren, Maifahrten und allerlei Mummenschanz und kehrt dann, als wäre nichts geschehen, in die Arme der lieben Gattin zurück, die ihn auch ohne Zögern und ohne Vorwurf aufnimmt. Als so selbstverständlich wurde in der zweiten Hälfte des 13ten Jahrhunderts dieser Dualismus des Liebeslebens angesehen.

Nun lässt sich freilich mit einem gewissen Rechte entgegnen, dass die Minnelieder zum überwiegenden Teile nur Ausdrücke eines romantisch schwärmerischen Gefühlslebens sind, deren Hauptinhalt die fortwährende und vielfach variirte Klage um Nichterhörung bildet. Allein wir haben in diesen Klagen sicher nur den etwas sentimentalen Ausdruck der ganzen Richtung dieser Poesie zu erkennen; viele Lieder, selbst aus der Blütezeit des Minnesangs, wissen im Gegenteil genug von Gunstbezeugungen und Erhörung der Liebesklage zu berichten, ja eine besondre Art des Minneliedes, die s. g. ,Tagelieder‘, haben nur die letztere zum Gegenstande, so dass über die Tragweite des Verhältnisses kein Zweifel bleibt. Trotzdem ist in der guten Zeit dieser Poesie, im 12ten und Anfang des 13ten Jahrhunderts, über diese unsittliche Seite derselben meistenteils noch der Schleier einer decenten Zurückhaltung gebreitet, und eine gewisse Idealität ist bei alledem dem Verhältniss nicht abzusprechen. Erst in der Folgezeit zeigt sich die Unsittlichkeit in ihrer ganzen Nacktheit; die ideale Seite der Poesie verschwindet, und schon Neidhart, der volkstümliche Minnesänger, besonders aber dann Ulrich von Lichtenstein gewähren uns oft einen erschreckenden Einblick in die Ausartung dieser einst so glänzenden und immerhin edlen Erscheinung. Das ganze Genre der Lyrik, das wir Minnesang nennen, war eben auf ungesunde Verhältnisse basirt, und wenn es auch im Anfang seiner Blüte besonders schöpferisch begabten Persönlichkeiten gelang, mit dem Deckmantel der Genialität diese Blössen zu verhüllen, so mussten diese später, als die Ursprünglichkeit der Dichtkraft erlahmte, um so unangenehmer hervortreten.

In diesem Widerspruch zwischen dem Ideal, dem der Dichter nachgehen soll, und den wirklichen Verhältnissen, die er vorfand, haben wir den einen Grund des raschen Abblühens der Minnepoesie zu suchen. Der zweite liegt in den Zeitverhältnissen. Die glänzende Epoche der staufischen Zeit, welche an hochstrebenden

Kaisern und ritterlichen Fürsten, überhaupt an bedeutenden Persönlichkeiten so reich war, hatte den Aufschwung der höfischen Poesie im 12ten und 13ten Jahrhundert begünstigt. Getragen von ihr, hatte der „Frühling' des Minnesangs eine Reihe von Dichtern aufzuweisen, die an Originalität und wahrhaft poetischer Begabung denen der älteren und neueren Zeiten ebenbürtig dastehen. Da lebte am Hofe der Staufer Friedrich von Hausen, am Bischofsstuhl von Passau Albrecht von Johannsdorf, am Thüringer Hofe Wolfram von Eschenbach und am österreichischen Walther von der Vogelweide und Reinmar der Alte. Andre scheinen, wie in Nordthüringen Heinrich von Morungen[15]), auf ihrem eignen Grundsitz gelebt und gesungen zu haben. Allein schon in der Mitte des 13ten Jahrhunderts, wo die Wirren zwischen Kaiser und Gegenkaiser, Kriege in und ausser dem Lande der gedeihlichen Weiterentwicklung der Poesie hinderlich sein mussten, wo Heinr. v. Morungen singt:

„Seitdem die Welt im Bann von Sorgen liegt so mancherlei,
Des Schweigens Zeit für viele, die oft sangen, kam
herbei[16])',

trat der Minnesang in sein zweites Stadium, das Stadium des beginnenden Verfalls, um von da ab allmählich aber stetig weiter zu sinken.

Die Dichter von bedeutender Begabung, von hervorragender Persönlichkeit werden selten; die Form zwar des Minnesangs bleibt, ja sie wird, was die Handhabung einer komplicirten Metrik, die pedantische Beobachtung künstlicher Aeusserlichkeiten betrifft, noch vervollkommnet, und mancher Vertreter dieser Periode, wie z. B. Gottfried von Neifen, hat es hierin zu einer wahrhaft virtuosen Fertigkeit gebracht; aber dabei verliert der Minnesang mehr und mehr an Originalität und an schöpferischen Gedanken. War schon in der guten Zeit dieser Dichtungsart die stoffliche Einseitigkeit und Einförmigkeit ein Hauptmangel derselben gewesen, ein Mangel, dessen Nachteile nur wahrhaft geniale Dichternaturen überwinden konnten, so macht jetzt bei dem vollständigen Fehlen der Genialität die Dürftigkeit des Inhalts die meisten dieser Erzeugnisse trotz aller formellen Kunstfertigkeit für den modernen Leser ungeniessbar. Ein Minnesänger zu sein wird jetzt im Ritter- und Fürstenstande Modesache, von der sich so leicht kein Edelbürtiger ausschliesst; die Zahl der uns überlieferten Namen dieser Dichter ist Legion. Dass bei all dieser äusserlichen Verbreitung ihr wirklicher poetischer Gehalt nicht gewinnt, liegt auf der Hand: der Minnesang verläuft sich allmählich im Sande einer gewissen correcten Mittelmässigkeit und eines dichterischen Schematismus'. Die Minnesänger des 14ten Jahrhunderts haben natürlich für die Entwicklungsgeschichte der deutschen Litteratur und Sprache, sowie für die gesammte Culturgeschichte des ausgehenden Mittelalters ihre hohe Bedeutung: einen eigentlich poetischen Wert muss man fast allen diesen Dichtungen absprechen.

Es muss als sehr fraglich erscheinen, ob der Minnesang, selbst in seinen besten Erzeugnissen, jemals populär gewesen ist. An einen Vergleich mit den aus dem Volke selbst hervorgegangenen Dichtungen, z. B. den Nibelungen, ist hier natürlich nicht zu denken. Aber selbst gegenüber den höfischen Epen, etwa denen aus dem Kreise der Artussage, dürfte das Interesse an diesen lyrischen Erzeugnissen bei weitem zurückgestanden haben, wenigstens auf die ritterlichen Kreise und ihren Anhang beschränkt gewesen sein. Die Zeiten waren eben für lyrische Stimmungsbilder, zumal so ganz individueller Art, nicht günstig. Man kann wol mit Recht zweifeln, ob bei denen, welche Hartmanns oder Wolframs grosse Epen gekannt und, soweit sie schriftkundig waren, gelesen haben, die Minnelieder beider Dichter ein gleiches Interesse zu erregen vermochten. Selbst Walthers Ruf und Beliebtheit, seine eigentliche Popularität, hat man wol mehr in seiner Bedeutung als poetischer Vorkämpfer der deutschen Sache gegen Rom denn in seiner Eigenschaft als Minnesänger zu suchen. Sicher ist jedenfalls, dass die Dichter der Folgezeit, wenn man etwa die ‚höfische Dorfpoesie‘ Neidharts und seiner Nachahmer ausnimmt, noch viel weniger geeignet waren eine allgemeine Teilnahme zu erregen. Ihre Dichtungen nehmen mehr und mehr einen, wo nicht gerade gelehrten, doch zunftmässigen Charakter an, der endlich, als der ritterliche Minnesang in den bürgerlichen Meistersang überging, auch in äusseren Formen entsprechend ausgeprägt wurde.

Wir haben bisher in unserer Betrachtung des deutschen Minnesangs hauptsächlich die Schwächen und Schattenseiten desselben zu verzeichnen gehabt, die glänzenden und edlen Momente, die er ebensogut wie jede andre bedeutende Gattung bietet, nur gelegentlich angedeutet. Es kam eben weniger auf eine panegyrische Erhebung des Minnesangs als darauf an, sein Entstehen und Verschwinden im Zusammenhang mit früheren und gleichzeitigen litterar- und culturhistorischen Erscheinungen auf seine Gründe zurückzuführen. Die hohe Bedeutung dieses Genres der Lyrik wird niemand verkennen. Dass der ‚Frühling‘ des Minnesangs gar manche edle Blüte echter Poesie hervorgebracht hat, dass es selbst in der Periode des ausartenden Minnesangs woltuend berührt, bei allem Mangel an dichterischer Schöpfungskraft doch wenigstens noch einem gewissen Sinne für die schöne Form zu begegnen, und zwar zu einer Zeit, wo die politischen Verhältnisse Deutschlands von Tage zu Tage an Haltlosigkeit und Zerfahrenheit, die socialen an Rohheit und Unsicherheit zunahmen — das sind immerhin Verdienste des Minnesanges, die ihm unvergessen bleiben sollen.

Es sei mir jetzt noch gestattet, der bisherigen Skizze eine gedrängte Zusammenstellung der hauptsächlichsten Motive und Grundgedanken hinzuzufügen, nach denen sich der gesammte Minnesang gruppirt. Ich werde hier aus mehreren Gründen kurz sein können. Einmal ist es geboten, sich dabei auf die frühere und bessere Zeit zu beschränken, da die spätere an litterarhistorischem und rein menschlichem Interesse weit hinter jener zurücksteht. Sodann sind im Minnesang, wie schon vorher angedeutet wurde, die individuellen Unterschiede zwischen den einzelnen Dichtern so geringfügig, sind sie alle in dem Stoff und dem Ton ihrer Lieder von dem Gesammtcharakter der ganzen Periode so abhängig, dass sie wol in der Sprache, der Metrik, kurz der Form, selten aber seitens des

Inhalts hervorstechende Eigentümlichkeiten bieten. In der Regel kann also Ein Dichter als Repraesentant der ganzen Gattung dienen. Technische Ausdrücke und rein fachwissenschaftliche Bezeichnungen sollen vermieden werden; einige eingestreute Proben sollen als Illustration dienen, wobei ich mich jedoch gegen den Schein verwahre, formell gelungene Uebertragungen geben zu wollen; die Unerlässlichkeit solcher Illustrationen und der Mangel an geeigneten Bearbeitungen mögen den eignen Versuch entschuldigen [17]).

Die verhältnissmässige Einfachheit und Naivität der Lieder aus dem Anfange des Minnesangs ist bereits erwähnt. Als Probe sei mir gestattet einige derselben anzuführen. Hierher gehören die Verse eines namenlosen Dichters, die uns ganz gelegentlich in einem lateinischen Liebesbriefe erhalten sind:

> Du bist mein und ich bin dein,
> Dessen darfst du sicher sein.
> Du bist eingeschlossen
> Tief in meinem Herzen;
> Verloren ist das Schlüssellein:
> Musst nun ewig drinnen sein [18]).

Ein anderes lautet:

> Nichts bedünket mich so herrlich
> Wie der Rose Schein,
> Nichts mich so begehrlich

Als von ihm geliebt zu sein.
Der kleinen Vögel Schar
Erfreut im grünen Walde
Gar manchem Herz und Sinn;
Kommt mir mein Schatz nicht balde,
Mein' Sommerfreude ist dahin.

Bereits kunstvoller und reichhaltiger, aber von derselben Innigkeit ist folgendes Lied:

Es prangt der Wald im grünen Kleid,
Ich werde meiner Sorgen frei;
Gesegnet sei, o Maienzeit,
Und du, mein Lieb, gesegnet sei!
Du gabst mir Trost in meiner Not;
Ich jauchze: dies ist dein Gebot.

Ein holder Gruss, ein Rückwärtssehn
Ward jüngst geboten mir von ihr;
Ich kann es anders nicht verstehn,
Als dass sie wollte sagen mir:
‚Mein Freund, sei froh in deinem Mut!'
Wie wol das meinem Herzen tut!

‚Ich will jetzt Tränen von dir sehn',
So lautet wider dein Geheiss?
Es sei, da ich, wenn es geschehn,
Von dir mich sanft getröstet weiss.
Kurz, wie du willst, so will ich sein;
Nur lache, liebes Schätzchen mein [20])!

Die Gedichte der Folgezeit zeigen mannichfaltigere Verhältnisse und Situationen, wenn auch bei den einzelnen Dichtern in ähnlicher Weise widerkehrend. Ich werde deshalb ohne Rücksicht auf die chronologische Folge einige

Prob en , nur nach dem Inhalt gegliedert , vorlegen. — Wie schon der Name Minnesang andeutet, ist die Liebe in ihren verschiedensten Spielarten und Erscheinungsformen der Hauptinhalt, und da, wie bereits angedeutet wurde, ein Zug entweder von platonischer Gefühlsschwärmerei oder von sentimentaler Resignation wenigstens im ersten Jahrhundert des Minnesangs vorwaltet, so bildet vornehmlich die Klage um verschmähte Liebe den Stoff zahlreicher Gedichte. Unter einem hochpoetischen Bilde behandelt dieselbe der Kürenberger, wenn er in bekanntem Versmasse singt:

Ich pflegte einen Falken Mir länger denn ein Jahr,
Und als er wol gezähmet, Wie ich ihn wollte, war,
Und ich ihm sein Gefieder Mit Goldesschmuck umwand,
Da hob er sich zu Lüften Und flog davon in fernes Land.
Oft sah ich stolz den Falken Vorüberfliegen
Und seine seidnen Bänder Im Winde wiegen.
Es glänzte sein Gefieder Von rotem Gold —
Gott führe die zusammen, Die gern einander wären hold[21])!

Einfacher Heinrich von Veldeck:

Schoene Wort' mit süssem Sange
Trösten oft gebeugten Mut;
Gern hört man sie oft und lange,
Denn sie sind zu allem gut.
Ich singe jetzt in Gram und Schmerzen
Von meiner Herrin hartem Herzen.
Erhörung bittend einst ich sang;
Sie wies mich ab, schon — ach! — so lang[22]).

Endlich in feinsinniger, fast humoristischer Form
— eine im Ganzen seltene Erscheinung auf diesem Gebiete — Heinrich von Morungen:

> Willst, Herrin, du erretten mich,
> So sieh mich ein klein wenig an;
> Denn ach, vergebens ringe ich:
> Abwärts geht meine Lebensbahn.
> Ich sieche hin, mein Herz ist wund;
> Es haben mir dies angetan
> Mein' Augen und dein roter Mund.
>
> Erbarm dich, Herrin, meiner Not!
> Du sprachst zu mir ein herbes Wort.
> O nimm du es, — sonst ist's mein Tod! —
> O Herrin, gütig wider fort.
> Du sagtest immer: Nein, o Nein!
> Ja: nein, o nein; und: nein, o nein!
> Das brach entzwei das Herze mein.
> O sprächest du doch einmal: Ja!
> Nur: ja, o ja! und: ja, o ja!
> Mein ganzes Herz wär wider da [22]).

Besonders rührend wird die Liebesklage,
wenn sich damit noch die Sehnsucht nach
der fernen Heimat verbindet. Dies ist der
Fall bei Friedrich von Hausen, der, in Italien
weilend [23]), folgendes Lied an die Geliebte und
an seine pfälzer Heimat ertönen lässt:

> Erlebt' ich noch die Wonnezeit,
> Dass ich das Land sollt' wider schauen,
> Wo mir in Freude all mein Leid
> Verkehrt die herrlichste der Frauen,

Niemand saehe mich alsdann,
Niemand, weder Weib noch Mann,
Bekümmert aus den Augen schauen.
Dann dünkte mich gar manches gut,
Was einst beschwerte meinen Mut.

Sonst wünscht' ich weit von ihr zu sein,
Und jetzt wär' ich ihr nah wie gerne!
Jetzt erst ergriff das Herze mein
Des Heimwehs Leid in weiter Ferne.
Mein' Treue strahlt in hellem Schein;
O wär' ich an dem deutschen Rhein,
Ich folgte meiner Hoffnung Sterne,
Der mir nicht schien, seit ich fernhin
Gezogen durch die Berge bin [28]).

Ganz vereinzelt steht dieser Klage um verschmähte oder getrennte Liebe gegenüber die Klage um aufgedrungene Neigung. Der schon erwähnte Kürenberger bietet uns ein Beispiel, indem er, wahrscheinlich durch andre Bande gefesselt, vor der Liebe einer Dame fliehen zu müssen erklärt:

Nun bringt mir her geschwinde Mein Ross, mein Eisen-
kleid;
Ich muss vor einer Frauen Von hinnen fliehen weit;
Die will von mir erzwingen Die Gunst und Liebe mein;
Und doch muss meiner Minne Sie immer los und ledig
sein.
Sieh', dieser Stern auch dunkelt, Birgt in den Wolken sich;
So tu auch du, o Schoene, Wenn du erblickest mich.
Lass deine Augen wandern Zu einem andern Mann;
Und niemand soll erfahren, Was unter uns ist abgetan [26]).

Indess nicht immer schlägt die Leyer des Minnesängers diesen elegischen Ton an. Oft vergisst er das eigne Leid über der selbstlosen Bewunderung der Geliebten, oft reicht ihr Anblick hin, den Schmerz um die Nichterhörung seiner Sehnsucht zurücktreten und aufgehen zu lassen in der bewundernden Versenkung in ihre Schönheit und Anmut. So singt Heinrich von Morungen:

Hat man mich gesehn in Sorgen,
Das soll nimmermehr geschehn.
Mich entzücket alle Morgen,
Wenn die Liebste ich gesehn
In Freuden habe ganz und gar.
Hinweg von mir nun, langes Trauern!
Gesund bin wider ich ein Jahr.

Sie kann durch die Herzen brechen
Wie die Sonn' durchs Fenster ein.
,Aller Tugend', kann ich sprechen
Wol mit Recht, ,ein Edelslein'!
Es ist die liebe Herrin mein
Ein holder Mai voll süsser Wunder,
Ein wolkenloser Sonnenschein.

Wenn sie meiner Not, die gute,
Wollt' ein fröhlich Ende machen,
Mit den froh'n in frohem Mute
Säh' man scherzen mich und lachen.
So lange dies nicht ist geschehn,
Muss man bei der kummervollen
Schar mich trüb' von Sorgen sehn [27]).

Hier wird der Sänger erst mit den letzten Versen wider der eignen, zeitweilig vergessenen Sorgen inne, hat indess dabei auch die Hoffnung, endlich noch zu Gnaden angenommen zu werden, noch keineswegs aufgegeben. Diese Hoffnung, das einzige, was ja begreiflicherweise dem Minnesänger in seinem langwierigen und oft beschwerlichen Dienste guten Mutes erhalten konnte, pflegt besonders hervorzutreten in den Liedern, welche zugleich einen Preis des beginnenden Frühlings enthalten. Es ist ja bekannt, welch durchgreifenden Einfluss der Beginn der warmen Jahreszeit und das Wiederaufleben der Natur vom Winterschlaf auf das gesammte Leben des Ritters wie des Bauern in altdeutscher Zeit hatte und noch mehr als in jetziger haben musste. Der Winter vereinsamte bei den schwierigeren und unsichereren Verkehrsverhältnissen die Menschen damals noch mehr als jetzt, und bei dem vollständigen Mangel an Tageslitteratur war Langeweile oft ein unliebsamer Gast in den Ritterburgen. So wurde denn die Ankunft der Singvögel und das Sprossen der Blumen als der Moment der Befreiung von schwerer Zeit gefeiert, von einer Zeit, die wol mancher ritterliche Sänger, um mit Walther von der Vogelweide zu reden, am liebsten im Winterschlaf verträumt hätte. Das Frühlingsfest vereinigte nun auf dem Anger die Dorfleute zu fröhlichem Reigen, und der Mairitt die Edlen zum Turnier.

Wie nun schon dieser Wechsel von Winter und Sommer an sich ein beliebter Gegenstand des Sanges war — zahlreiche Lieder aus der Blütezeit des Minnesangs beweisen es —, so wurde ihm eine noch tiefere Bedeutung beigelegt, indem er als Symbol für das Liebesverhältniss dienen musste. Der Zustand der Nichterhörung wurde nicht bloss mit dem Winter verglichen, sowie der der Erhörung mit dem Sommer, sondern unwillkürlich drängte sich dem liebenden Sänger das Gefühl auf, als wäre wol im Winter eine Entfremdung zwischen ihm und der Geliebten möglich gewesen, als müsste aber jetzt mit dem Eintritt des Lenzes, wo alles zu Freude und Milde gestimmt ist, auch das Herz der bisher grausamen Herrin erweicht werden. Dieser Gedanke liegt jedenfalls folgendem kleinen Liede Dietmars von Eist zu Grunde:

> Juchhe! nun kommt die schöne Zeit,
> Nun kommt der kleinen Vögel Sang;
> Es grünt die Linde weit und breit,
> Der Winter macht sich auf den Gang.
> Die Blumen sieht man auf der Flur
> Erproben ihren hellen Schein —
> Nun wird gar manches Herze froh,
> Nun wird auch froh das Herze mein [28]).

Noch deutlicher findet sich dieser Gedanke mehrmals bei Heinrich von Veldeck ausgesprochen, welcher diese symbolischen Beziehungen zwischen Natur und Liebesleben mehrmals auf das innigste knüpft. — Freilich ist dies vielgebrauchte und, wenn schon vielfach variirte, darum doch schliesslich etwas abgebrauchte Motiv von manchem Sänger verschmäht worden.

‚Ich habe mehr zu tun, als Blumen klagen [29])‘, sagt Reinmar von Hagenau, und auch bei Heinrich von Morungen fehlt diese Naturbetrachtung bis auf wenige Anklänge gänzlich. Bei den meisten Minnesängern indess umfasst sie einen grossen, bei manchen, wie bei Walther und bei Gottfried von Neifen, an poetischem Werte nicht den unbedeutendsten Teil ihrer Lieder.

Das religiöse Moment, das für die Erklärung der Entstehung des Minnesangs nicht unwichtig war, glaube ich hier füglich übergehen zu können. Es tritt bei den meisten Dichtern wenigstens als Hauptinhalt eines Liedes selten, bei sehr vielen gar nicht auf; wo es selbständig sich findet, erscheint es in Kreuzliedern — so besonders bei Friedrich von Hausen, Albrecht von Johannsdorf, Walther von der Vogelweide, Otto von Botenlauben — oder in einer Art von Hymnus, sei es auf die h. Jungfrau, wie z. B. bei Meister Sigehêr, sei es auf die dreieinige Gottheit, wie in Walthers s. g. ,Leich'. Von besonderem Interesse ist es, wenn das religiöse Moment in Widerspruch gerät mit dem erotischen, wenn die Pflicht des genommenen Kreuzes und die Neigung in der Nähe der geliebten Herrin zu bleiben mit einander streiten. Diesen Zwiespalt schildert Friedrich von Hausen in einem Liede, dessen erste Strophe lautet:

> Es will mein Herz von meinem Leib sich scheiden,
> Mit dem es war vereint so lange Zeit.
> Wie er begehrt zu kämpfen mit den Heiden,
> So eilt das Herz, weitab von jenem Streit,
> Zur Herrin hin. Das bringt mir Traurigkeit,
> Dass so zwiespältig trennen sich die beiden.
> Mein' Augen nur, die brachten mir dies Leiden,
> Und Gott allein kann enden noch den Streit [30]).

Von grösserer Wichtigkeit, wiewol mit dem eigentlichen Thema des Minnesangs, der Liebe, ebensowenig zusammenhangend wie das religiöse ist das sententiöse Moment, die Spruchpoësie, die schon deshalb hier nicht ganz übergangen werden kann, weil sie in der Masse der Ueberlieferung räumlich eine sehr umfangreiche Stelle einnimmt. Im Spruch, der sich schon durch seine äussere Form, besonders durch den Mangel strophischer Gliederung, von dem eigentlichen Liede unterscheidet, enthüllt sich der ganze Schatz sprüchwörtlicher Volksweisheit,

bald mehr bald weniger je nach des Dichters
Persönlichkeit individuell gefärbt; hier ist die
Stätte, wo gesellschaftliche oder politische Zu-
stände erörtert werden — ein Gebrauch, der sich
namentlich bei Walther von der Vogelweide
häufig findet —, hier endlich ‚findet der Dichter am häufigsten Anlass seine persönliche Lage
zu berühren, seine Standesverhältnisse zu schil-
dern‘ (K. Bartsch). Erst die Sprüche ergän-
zen somit für den Leser unsrer Zeit die Minnelieder vielfach zu einem einigermassen vollständigen dichterischen Gesammtbilde. Als Reprae-
sentanten dieses Genres mögen drei Sprüche
des s. g. Spervogels [31]) dienen; sie sind sämmt-
lich sententiösen Inhalts und haben alle ‚die
verkehrte Welt‘ zum Thema. Der erste ist:

Was frommt dem Ross, dass es bei voller Krippe steht,
Und was dem Wolfe, dass er bei den Schafen geht,
So jemand ist, der ihnen wehrt?
Grad’ so ist dem sein Glück verkehrt,
Der käuflich findet, was er will,
Und hat kein Geld im Beutel:
Ein Licht in fremden Mannes Hand
Ist für den Blinden eitel.

Der zweite:

Wer einen Freund will suchen, wo er keinen find’t,
Und wer im Walde spüret, wenn der Schnee zerrinnt,
Und kaufet unbesehen viel
Und hält gern auf verlornes Spiel

Und dienet einem boesen Mann,
Wo ohne Lohn er bleibet,
Dem wird wol späte Reue kund,
Wenn so ers lange treibet.

Endlich drittens:

Wer sich den Wolf zu Gaste ladet, trägt den Schaden;
Ein Schiffer kann ein leckes Schiff leicht überladen.
Doch dieses ist nicht minder wahr:
Wer seinem Weibe Jahr für Jahr
An schönen Kleidern kaufet viel,
Sich selber gar nichts kaufet,
Wird bald mit Schreck erleben, dass
Sie ihm ein Stiefkind taufet.

Mit diesen volkstümlichen Aeusserungen einer derb gesunden Moral, die uns aus den phantastischen Gefilden gefühlsseliger Minnepoësie wider in die nüchterne Wirklichkeit zurückführen, schliesse ich meinen Vortrag, der keineswegs den überreichen Stoff irgendwie zu erschöpfen beabsichtigte, sondern nur durch Auswahl einiger Hauptgesichtspunkte für das Verständniss einer zwar weitabliegenden, aber jedenfalls hochinteressanten Litteraturperiode einen Beitrag liefern wollte.

Anmerkungen.

1) Natürlich cum grano salis zu verstehen: schon Voss schreibt an Brückner, dass er die Minnesänger studire.

2) Wenigstens findet es sich in späteren Jahrhunderten selten und in ganz veränderter Bedeutung; vgl. Adelungs Wörterbuch s. v.

3) vgl. Fr. Vogt, Leben und Dichten d. dtsch. Spielleute im Mittelalter. Halle 1875.

4) Wackernagel, Gesch. d. deutschen Litt. 2. Aufl. §§. 26. 27. Müllenhoff-Scherer, Denkm.² S. 526 ff.

5) Wackernagel a. a. O. §. 31.

6) vgl. Grein, die Quellen des Heliand. Cassel 1869.

7) Eine Anzahl Belege giebt Haupt in der Einleitung zu seiner Ausgabe des Engelhard.

8) Germania c. 18. 19.

9) Müllenhoff-Scherer a. a. O. S. 363 f.

10) z. B. im Lob Wernharts von Steinberg u. ähnl. Stellen.

11) Eine Monographie über letztere bietet L. Dietze im Wittenberger Programm von 1873.

12) vgl. besonders die Verse Minnes. Frühling S. 13, 1 ff.

13) herausg. von Roth, Frankf. 1846; auch in Pfeiffers deutschen Klassikern des Mittelalters, Bd. XI.

14) ‚Frauendienst‘. Ausgabe von Lachmann, Berl. 1841.

15) Zurborg, Zeitschr. f. deutsch. Altt. 1874 S. 319 f.

16) Minnes. Fr. 143, 8.

17) Die im 44. Bande des Neuen Lausitzischen Magazins erschienenen Proben aus Liebesliedern des 12. Jahrh. sind mir erst nachträglich bekannt geworden. Da sie nur z. T. dieselben Lieder wie die von mir übertragenen enthalten, habe ich diese in der ursprünglichen Uebersetzung beibehalten.

18) Minnes. Fr. 3, 1. Aus den Briefen Wernhers von Tegernsee.

19) M. F. 3, 17.

20) M. F. 6, 14.

21) M. F. 8, 33. Nach Ton und Inhalt gehört dies Lied hierher, wenn es auch freilich als von einer Frau gesungen zu denken ist. Vielleicht ist es von Interesse auch zwei andere Uebertragungen hier anzuführen, von O. Richter (s. oben Anm. 17.) und Gottfr. Keller (Zürcher Novellen, Deutsche Rundschau 1876 S. 358):

Richter:	Keller:
Ich zog mir einen Falken	Ich zog mir einen Falken
Wohl länger, denn ein Jahr;	Länger als ein Jahr,
Da er nach meinem Wunsche	Und da ich ihn gezähmet,
Gar wohl gezähmet war,	Wie ich ihn wollte gar,
Und ich ihm sein Gefieder	Und ich ihm sein Gefieder
Mit Golde rings umwand,	Mit Golde wohl umwand,
Schnell hob er sich zur Höhe,	Stieg er hoch in die Lüfte,
Flog in ein ander Land.	Flog in ein anderes Land.
Dann sah ich, wie mein Falke	Seither sah ich den Falken
Zum Aether sich geschwungen;	So schön und herrlich fliegen,
An seinen Füssen war er	Auf goldrothem Gefieder
Mit seid'nem Band umschlungen;	Sah ich ihn sich wiegen;
Auch war ihm sein Gefieder	Er führt an seinem Fusse
Allroth von klarem Gold —:	Seid'ne Riemen fein;
Gott führe die zusammen,	Gott sende sie zusammen,
Die sich einander hold.	Die gerne treu sich möchten sein.

22) M. F. 66, 24.

23) M. F. 137, 10.

24) Dies steht urkundlich fest; Fr. v. Hausen war 1175 und 1186 in Italien; vgl. Haupts Anm. z. St.

25) M. F. 45, 1.
26) M. F. 9, 29.
27) M. F. 144, 17.
28) M. F. 33, 15.
29) M. F. 169, 14.
30) M. F. 47, 1.
31) M. F. 21, 5. 21, 13. 23, 21.

Druck von Ed. Frommann in Jena.